阿濃

序：獻給有情人

這兩年我隨身帶著一部相機，每見美好事物，內心有所觸動，便興與人分享之念。把場景攝下之後，喃喃自語，不覺成為篇章，或小詩，或短句，等待送給有情人。

有情之作唯有情人能欣賞，能博他們噺然一笑或有所會心，便感無限滿足。

感謝突破給予本書出版機會，感謝楊志豪兄為本書精心設計，感謝一位朋友由始至終的技術支援和建設性意見，她是整本書的第一個讀者，她的回應和反響左右了整本書的思路。可是她拒絕我在序言中提及她的名字，這是她一向低調的作風，我只有尊重的份兒。但在把這份禮物獻給諸君之前，她已是第一個受眾，這是不能否認的事實。

邀請世間有情人同來印證我有情的步履和當時怦然的心跳。

阿濃　二零一七年七月

目錄

一、獻給你花兒朵朵

二、獻給你眾生百態

三、獻給你天空雲彩

四、獻給你寰宇風情

五、獻給你人間之愛

一、獻給你花兒朵朵

花枕

送君一花枕
夢中有幽香
來自我寸心
莫嫌靜夜長

紫色浪漫

一叢紫色浪漫
從園中溢出
在圍欄上纏繞
朵朵心事　一一細訴
看你能解讀多少

丁香

自從有了《雨巷》，
丁香便結了愁怨。
籬邊的丁香微笑著：
「我沒聽過戴望舒。」

心

當愛情降臨，心兒像長了翅膀。

Bleeding Heart

路人問：「Bleeding heart，怎麼你變成白色的了？」

Bleeding heart：「血也有流盡的時候。」

淡

有說是
人淡如菊*
我卻知
這淡
是從濃裡熬出來的

*司空圖：落花無言，人淡如菊

野菊

淵明先生，
當日你東籬採菊，
送給哪位佳人？

噢，知道了，
她的名字叫南山。

小喇叭

一個個白色的小喇叭
清晨一片喧嘩
的的打——的的打打
爭相報告一個好的消息
（甚麼消息呀？）
他愛她　她也愛他

蒲公英

所以世上一物有一物的長處，一人有一人的價值。

我不能偏愛，也不肯偏憎。

悟到萬物相襯托的道理，我只願我心如水，處處齊平。

我願菊花在我眼中，消失了她的富麗堂皇，蒲公英也解除了她的侷促羞澀。

——冰心《蒲公英》

牡丹

我是富貴花
富的是感情
貴的是品格
百花皆有可愛處
請勿強分你我他

Snow Ball

每年五六月間
雪球花開
要獻給那些年青人
他們為理想獻上生命
你聽到他們的呼喊嗎
一直在祖國的大地上迴旋

繡球初綻

今年繡球特別茂盛
是否主人忒煞多情
要把它們遍贈可愛女子
拋向等待已久的心上人

天使胭脂

天使也需要胭脂麼，
臉上何來一抹桃紅？
啊，
她們只是羞見——
一對相愛的人兒
相吻相擁。

手套商店

狐狸小姐來到手套商店
五光十色　眼花繚亂
她心思難定　左挑右選
為的是送給一位先生
又要好看　又要溫暖

Foxglove

狐狸想做壞事
便會戴上手套
手套十分美麗
瞧呀瞧
壞事不想做了

姐妹

我愛穿紅
你愛穿白
可是人家都知道咱們
是姐妹
因為你我是
爸爸媽媽
同一個模子印出來的

鬼臉

花兒，
你為甚麼對我做鬼臉？
是你知道了我的秘密，
還是你有個秘密要我猜？

金錢樹

別笑我
把錢都掛在身上
瞧
交際場中　來來去去
閃光燈下　裝腔作勢
哪個不是這樣？

柳枝

此地的柳枝
何太擠
月上柳梢
無詩意
是不是航班太密
Whatsapp 留言
人手一機
再無須
折柳贈人　傷別離

名字

不知名野果
血樣的紅
噴薄而出
我給你一個名字：
赤誠

仙人掌

我沒有碧綠的葉子，
渾身長滿尖利的刺。
想跟我做朋友？
敢不敢跟我握手？
想做我的愛人？
怕不怕心會滴血？

蓮

江南可採蓮　蓮葉何田田
池邊曾照影　雙雙肩並肩
江南可採蓮　蓮葉何田田
當年人何在　清淚滿腮邊
江南可採蓮　蓮葉何田田
怕見滿塘碧　偏向別時圓

草

不爭豔　不鬥香
淡泊如君子
自有高志
枝枝奮發向上

二、獻給你眾生百態

慢

讓太陽放慢它的腳步
讓四季慢慢變換
讓日子過得像蝸牛
讓我還肯讓我的所愛
看到我不讓她流淚的樣子

＊她說讀本詩時流淚了。

贊成

本小姐不是招財貓
我的老板不貪財
我只是舉腳贊成
老板說的
有好東西即管吃
人生幾何
理他吃了肥不肥

其淡如水

詩人因「濃」感到傷痛
請書法家寫下座右銘
「其澹如水」
愛貓忽然前來逡巡
我知道這銘言
徒費筆墨
那「澹」是「濃」的結晶

借位

導演說：

Camera，

借位拍攝！

如此這般

讓你想像，

個中滋味。

我知道

我知道
你很美麗
我知道
你很活潑
我知道
你很可愛
我知道
你有點寂寞
才會在一個陌生人路過時
繞他的腿　施展渾身解數
為博他
幾下溫柔的撫摸

關於貓的對話

「阿妹，這貓真可愛！」

「我也想養一隻。」

「將來我們一齊養。」

「誰跟你一齊養！我要跟阿強一齊養。」

「為甚麼？」

「因為我愛他。」

尋貓

寶貝，
你遊蕩到哪裡去了，
為甚麼一去不回？
十年的相依，
跟親人沒有分別。
自你離去，
全家都掉進一個惡夢，
掙扎著無法醒來。

半夜好像聽見你的叫聲，
打開門只見月光照著石階。
黎明一陣陣抓爬的聲音，
原來只是樹枝刮著窗台。

寶貝，
你的食盆和水碗都滿滿的，
你的小床軟軟的暖暖的。
你幾時回家，
讓我們抱你、親你——
從惡夢中醒來

MAX IS LOST
MALE TABBY WITH YELLOW/GREENISH EYES. 9-10 years old but he looks younger. Max is CHUBBY and well loved. Please help us bring him home.
MAX was last seen Dec. 13th
He is a WANDERER, so please contact us about any sightings.
CASH REWARD FOR SAFE RETURN!!!
Please call (604)349-6662 if seen.

小樓

小樓一角
沐浴在陽光下
鮮花一籃
懸掛著美麗和浪漫
悄不見人
愛意仍向四週發散

愛巢

準備了花兒朵兒
安排了床兒鋪兒
歡迎你們捉著對兒
並著翅兒
唱著歌兒
來這裡好好的歇會兒

孤獨的牛

那雜沓的蹄聲
濃重的汗味
歡快的呼叫
深沉的歎息
都成了稀薄的夢境
孤獨的牠
成為田野上一道風景
惹得顆顆寂寞的心
長久地對牠凝眸。

＊是她散步時常見的一道風景，謝她攝下。

我是烏鴉

我是烏鴉
在美麗的你面前
只有自卑
聲音也不好聽
連話都不敢說
只想你知道
我對你是多麼心儀

哪一行

「蜜蜂蜜蜂你忙甚麼？
你究竟幹的哪一行？」
「噢，是傳媒。」

示範單位

蝸牛，蝸牛，
你的房子為甚麼這麼小？

蝸牛說：
小嗎？我已為它負了一生的債。
你們現在有籠屋、劏房，
這可是你們將來住房的
示範單位。
它有一個好聽的名字
叫「蝸居」。

悼魚友

十年
一萬次照面
無言
只努力美麗著
就當是奉獻
去了
突然
沒有告別
定有眼淚溶在水裡面

三、獻給你一天雲彩

早月

太陽未下班
你就上班了
匆匆而來
素面迎我
就為了這瞬間一瞥
我已深深注視
情意藏進心底。

雲

小時候愛讀《西遊記》，
個個神仙會駕雲。
轉眼間，
南京到北京。
今晨天空祥雲千萬朵，
神仙大會正舉行？
是不是劣性難移的猴王又發飈？
要不要請出大慈大悲觀世音？
要不要麻煩佛祖伸五指？
看他能不能逃出手掌心！

雲（二）

他善變
他飄浮不定
所以人家稱他為浪子
可是啊
他又是這般美麗
就因為他是這樣的他
的緣故

我在

冬神以濃墨重筆
宣示他的權威
太陽在黑雲後掙扎
對大家說
別擔心
我在！

遠方

孩子：大了，我要去那最遠最遠的地方。

父親：你可要記得回家的路。

*聞她將有遠行，以此詩贈之。

共享

夕陽在湖面塗上胭脂
黑黑的樹影作為襯底
空氣中氤氳著寧謐
人與雀鳥
隔湖共賞這美麗的瞬息

濃伴

阿濃的友伴
齊集窗前
燦爛的櫻
貼心的貓
悠遊的魚
正開的蟹爪蘭
每年一現的曇花
組成一幅生活的織錦

千杯

送上千杯
讓我們同醉
人生苦短
留不住青春遠逝
捨不得愛戀成灰
這亘古的悲痛
能排遣的有誰？

秋晨

清晨獨步
空氣微涼
眾芳凋零
觸目
只一叢金黃
知道
熾熱的夏日已去
來臨的將是
片片落葉
堆一地歎息

落葉

是樹捨棄了葉？
是葉離棄了樹？
欲說還休
只落得一地的秋
只落得一地的愁

那片

夢裡
有那片冷冷的月色
還有
他那片溫熱的唇

心還在

一堆卵石呆在一起，
為稜角盡失沮喪。
兄弟們，
振作點！
我們的心還在，
經過磨煉，
依然堅強！

鼓

有種人就像鼓一樣，你對他好言好語沒用，必須狠狠的敲打他，

他才會說：痛！痛！痛！Don't！Don't！Don't！懂！懂！懂！

破褲子

馬克吐溫筆下的王子
過厭了養尊處優的生活
要跟貧兒互換身份
吃厭了珍饈百味的有錢人
要學首陽山上的伯夷叔齊
於是野菜成為時鮮
穿厭了華衣美服的潮人
使破褲子成為流行
這種種奇異的行為
總像是盛宴後富人的飽嗝
難免有一陣酸臭

四、獻給你寰宇風情

小鎮故事

小鎮故事，關在緊閉的門後
你可聽到青春笑鬧的喧嘩
你可聽到年華老去的嘆息
你可知門後有長年緊蹙的眉頭
你可知門後有不時閃爍的淚影
你知否在緊閉的門後
有纏綿一世生死不渝的愛

小鎮故事

一次與一生

每一次邂逅都是緣分
靠的是千百個偶然
一生守候是愛得深沉
靠的是經得起千百次考驗

/ 壹次邂逅 / 壹生守候
62/13801438432

江南

偶然襲來一縷桂香
惹我神思惚恍
橋上招手　橋下相望
當時風景難忘
多少年前一段相思
至今怕聽江南
多少年前一段相思
至今怕聽江南

*為她一段往事而寫。

舟

聞說雙溪春尚好，
也擬泛輕舟。
只恐雙溪舴艋舟。
載不動、
許多愁。

——李清照《武陵春》

野柳

未經滄桑的少女
漫步於蘑菇石林中
看它們千瘡百孔
都是大自然淚水的痕跡
孩子　祝福你
願人世的傷痛
肯將你放過

給人

給人信心　當你無懼

給人歡喜　那怕自己灑淚

給人希望　不能靠空洞言詞

給人方便　即使麻煩了自己

给人信心
给人欢喜
给人希望
给人方便

聽靜

聽
這萬籟俱寂
水不語
風也悄無聲息
讓山更幽
等待一聲鳥啼
撲通　撲通
這心跳　屬於我
還是
你

飄浮的嬰兒

城市的中心
飄浮著一個巨大的嬰兒
赤裸　脆弱
提醒每一個市民
你是否忍心
給他一個霧霾的天空

五、獻給你人間之愛

夢幻家園

幾樹花
一盞燈
門裡守著兩個人

窗外

清晨路過
窗外草綠花嬌一片美麗
簾幕低垂
屋內定有一對
相愛的人兒
正在甜睡
別驚醒他們
…………
悄悄離去

柵欄

心上的柵欄可以很高
無人能夠攀爬
心上的柵欄可以佈滿尖刺
看上去已經可怕
心上的柵欄可以如此美麗
告訴你
這是我的家
請你進來喝杯茶

早亮的燈

天色未暗，
門前的燈早亮了。
溫暖的光，
告白著門裡的等待。
等待一個工作整天，
拖著疲憊腳步歸來的父親。
等待一個不辭而別，
使人牽腸掛肚的逆子。
等待一個萬里之外，
突然到來的夢中的他。

空椅

盛會已散
空無一人
椅上再無餘溫
千萬片葉子在風中憶述
當日悠揚的清歌妙韻
東西南北人四方
何日笑語重聞

郵筒

加拿大的郵筒
整天餓著肚皮
有了互聯網
連賬單都少了
今天終於收到一封
八十歲老人寄的
寫給他的初戀情人
回憶往事　依然情濃

CANADA POST
POSTES CANADA

姐妹（童年）

童年是幸福的，有姐妹的童年更幸福。
哭了有人遞紙巾，睡了怕黑有人陪談話。
還有隨時隨地有人可以擁抱，緊緊的。

等待

五塊錢一束的情意
在等待
等待一個窮小子
傾其袋中所有
選一束
送給他心愛的女孩子

SWEET PEA
$5.00

媽媽的背

媽媽的背是一堵牆
能擋四面八方的風
媽媽的背是一張床
到哪裡都可以甜甜的睡
媽媽的背是畢生的依靠
小時靠著它做夢
大了靠著它成長
到媽媽腰酸背彎了
讓我的小兒子
幫她輕輕敲、抓抓癢

影子

心上最難驅趕的
是他嘴角的微笑
是他腮邊的淚痕
是他
無處不在的影子

幸福

能在人前示愛，也是一種幸福。

TENANTS
SMASHING FASHION

街頭

街頭賣唱賣不掉寂寞
路上過者行色匆匆
幸有小妮子癡心一片
整晚相陪何等情濃

鞦韆

孩子們都回家了
鞦韆寂寞著
一個個細味
鐵索上小手留下的餘溫

中山像前

中山像前
莘莘學子
紅衣一片
是畢業典禮的大日子*
願將中華文化
薪火相傳

*攝於溫哥華一中文學校畢業典禮日

中山公園
SUN
PARK

梁祝

淚眼看樓台一會的慘別
不忍聽山伯臨終的傷悲
終歸有破墳而出的驚奇
翩翩彩蝶　歌兮舞兮
魂登仙界　永不分離
悲劇也能變成喜劇
這就是民間智慧

家鄉

家鄉的聲音
在耳朵裡
家鄉的色彩
穿在我們身體
家鄉的故事
用舞姿傳遞
家鄉在遠方
也在我們心底

何陋之有

阿濃說：哎呀！「苔痕上階綠，草色入簾青」，這麼佳妙的居住環境，豈止是「何陋之有」，簡直是難得的享受！

*書法：《陋室銘》劉渭賢

山不在高有
仙則名水不在
深有龍則靈
斯是陋室惟吾
德馨苔痕上階綠
草色入簾青
談笑有鴻儒往
來無白丁可以
調素琴閱金
經無絲竹之亂
耳無案牘之勞
形南陽諸葛
廬西蜀子雲亭
孔子云何陋
之有 劉禹錫陋室銘
歲三深秋 劉[illegible]

濫竽

三百人的吹竽隊伍裏
他是其中一個
睜大眼睛
環顧前後左右
人家怎麼做
他也跟著去做
鼓著腮幫　似模似樣
姿態全無不妥
只不過為掙一碗飯吃
弄虛作假的日子並不好過
你我身邊這樣的人多的是
他們可神氣著呢
以為自己的表演　誰也不會看破

＊雕塑《濫竽充數》程樹人

鬱

舉世皆濁我獨清
眾人皆醉我獨醒
安能以皓皓之白
蒙世俗之塵污
汨羅水清
江魚自在游
屈子之鬱結
找到釋放之地
水呀，你漂我
魚呀，你嚙我
解體之後
我悲憤的靈魂
將永遠在江上嘯歌

＊雕塑《屈原》程樹人

互看

人來人往
人物山水
畫鳥蟲魚
迎接眼睛千百對
只有她
獨自一角
靜靜地
也在看著這一切

汽球飛了

噢，汽球飛了！
他們一齊〇嘴。
畢竟是一家人，
甚麼都如此一致。

不過他們想的未必一樣，
爸爸有太多的委屈：
　汽球自由了，它比我棒！
媽媽最省儉：
　才玩不久，又浪費一塊錢！
兒子最擔心：
　又得捱罵了，真倒霉！

雨夜黃浦

黃浦灘的雨夜
燈光輝煌
人影綽綽

紫色衣衫的少女
為甚麼你總在我的鏡頭中出現
是否要我想像
你手上有一個動人的故事

黃橋燒餅

重回離別七十年的故鄉
急急要嘗童年的味道
記憶中有酥脆的麵粉
燙嘴的蘿蔔絲
還有香噴噴的芝麻

滿懷希望走進店裡
不見炭火紅紅的烤爐
一排硬邦邦的電箱
送出同名的燒餅

拿一塊放進嘴裡
卻是一種陌生的味道
在現代化大潮底下
再難尋童年舊夢

或坐在巨人的肩膀上，或呷一口書香，讓我們的生活漸次提升，讓眼界更遼闊。

獻禮
作者／阿濃
攝影／阿濃
裝幀／楊志豪
審訂／周淑屏
出版發行／突破出版社
香港沙田亞公角山路 33 號突破青年村
電話：2632 0000　傳真：2632 0388
電郵：breakthrough@breakthrough.org.hk
網址：http://www.breakthrough.org.hk
http://www.btproduct.com
承印／藍馬柯式印務(海外)有限公司
www.lammarptg.com.hk
2017 年 7 月初版一刷

OFFERINGS
by A Nong
First Printing, First Edition, July 2017

Printed in Hong Kong
ISBN 978-988-8392-54-4

誠邀閣下就突破出版社的書籍發表意見

歡迎加入突破書籍 Facebook page — http://www.facebook.com/btbooks.page